# L'attaque
# des carnivores

Les mots du texte suivis du signe * sont expliqués
sur le rabat de couverture.

**www.editions.flammarion.com**

© Éditions Flammarion pour le texte et l'illustration, 2007
87, quai Panhard-et-Levassor – 75647 Paris Cedex 13
Dépôt légal : août 2007 – ISBN : 978-2-0816-3479-4 - N° d'édition : L.01EJEN000110.C003
Loi n°49-956 du 16 juillet 1949 sur les publications destinées à la jeunesse

Paul Thiès  Louis Alloing

# L'attaque des carnivores

CASTOR POCHE  Flammarion

Chapitre 1
# Grands-parents et belles bagarres !

Normalement, les petits pirates ont la belle vie. Ils ne vont pas à l'école, ils se baignent toute l'année et ils mangent du requin rôti le dimanche.

Mais… les petits pirates ont parfois de gros soucis. Par exemple, Plume, le fils du fameux capitaine Fourchette, est carrément épuisé depuis qu'il a deux nouvelles petites sœurs, Amandine et Angélique.

En réalité, le prénom de Plume c'est Parfait. Car tous les enfants de la famille Fourchette portent des noms de gâteaux. Il y a, dans l'ordre : Honoré, Madeleine, Plume (on l'appelle comme ça parce qu'il est un peu maigrichon), Charlotte qui n'a qu'un an de moins que Plume, et maintenant Angélique et Amandine, les jumelles qui viennent d'arriver sur le *Bon Appétit*, le navire des Fourchette.

Chapitre 1

D'abord, Plume est ravi d'avoir des petites sœurs. Il les câline, les cajole et leur chatouille le bout du nez...

Hélas sa maman Marguerite est fatiguée et son papa doit tenir le gouvernail. Les enfants s'occupent donc du bateau.

Seulement voilà, Madeleine passe son temps avec Juanito, le moussaillon du *Bon Appétit*, (c'est son amoureux !), et Honoré fait la sieste dans son canon préféré : il n'y a que ses pieds qui dépassent. Résultat : Plume et Charlotte épluchent les patates, lavent le pont et recousent les voiles à longueur de journées.

## Chapitre 1

Par chance leurs meilleurs amis, Petit-Crochet, le fils du célèbre pirate Barbe-Jaune et de Marie-la-Murène, et Perle, la fille d'un roi cannibale passent la semaine sur le *Bon Appétit* et les aident gentiment. Par contre, Tarte aux Pommes, le perroquet de Plume, Noix de Coco, celui de Perle, et Flic-Flac, le dauphin apprivoisé de Petit-Crochet qui se roule dans les vagues, ne servent pas à grand-chose.
– J'en ai marre… soupire Plume.
– Ouais, ce bateau, c'est la galère… ajoute Charlotte.

Heureusement, les grands-parents vont bientôt leur rendre visite.

Enfin un peu de distraction.

Car les grands-parents arrivent d'Europe ! Monsieur et madame Fourchette tiennent une pâtisserie, comme le capitaine Fourchette avant qu'il ne choisisse la vie de pirate. Monsieur et madame Mimosa, les parents de Maman Marguerite, sont fleuristes.

Chapitre 1

Grand-père Fourchette a une belle moustache, et sa femme, Félicia, un chapeau blanc en forme de meringue. Grand-père Mimosa a une longue barbiche, et sa femme, Mathilde, un chapeau rouge en forme de tulipe.

Les enfants sautent dans leurs bras pour les embrasser !

Hélas, les grands-parents ne s'entendent pas très bien entre eux…
– Nos petites filles NOUS ressemblent in-cro-ya-ble-ment ! commence Félicia Fourchette. Elles ont MON sourire et les oreilles de MON cher mari.

Chapitre 1

– C'est vrai ! convient Grand-père Fourchette.
– Pas du tout, pas du tout, réplique aussitôt Mathilde Mimosa. Elles ont MON sourire et le regard vif de MON cher mari.
– Absolument, approuve Grand-père Mimosa. Et plus tard, elles ressembleront à de belles roses !
– Peuh… grommelle Grand-père Fourchette. Les fleurs, ça se fâne. MES petites-filles auront bonne mine, comme de belles brioches dorées.
– Des brioches ? Mais quelle horreur ! s'indigne Grand-père Mimosa. Mes pauvres petites sont tombées dans une famille de goinfres\* !

Heureusement, les enfants déballent vite leurs cadeaux. Les Fourchette ont apporté des tas de friandises dans des tonneaux de glace : des bonbons multicolores, des sucettes en forme de cocotier ou de palmier et des kilos de nougats. Comme les petits pirates adorent les trésors, il y a aussi plusieurs sacs de pièces en chocolat.

# Chapitre 1

Les Mimosa ont rapporté des plantes rares venues d'Asie, y compris de mystérieuses graines rougeâtres enfouies dans des pots de terre.
– Vous verrez, promet Grand-père Mimosa, quand elles pousseront vous ne reconnaîtrez plus votre bateau.
– Le *Bon Appétit* deviendra le plus beau voilier des Caraïbes ! assure Grand-mère Mathilde en disposant soigneusement les pots autour du grand mât.

Ce soir-là Plume tournicote un bon moment autour du mât en grignotant un nougat. Il se demande à quoi peuvent bien ressembler les fleurs et les fruits de cette plante inconnue…

En visite sur le *Bon Appétit*, les grands-parents de Plume ont apporté des friandises et des plantes mystérieuses...

Chapitre 2

# Les plantes attaquent !

Malheureusement, les Fourchette et les Mimosa connaissent mal le climat des Caraïbes. Le lendemain matin, les enfants découvrent que les nougats et le chocolat ont fondu.

Mais le pire, ce sont les plantes ! Les graines de Chine sont devenues complètement folles ! Elles ont tellement poussé en une seule nuit qu'elles envahissent le *Bon Appétit* ! Les racines s'enfoncent dans la cale, les branches s'enroulent autour des mâts, les dernières pousses menacent déjà la vigie.

Les pirates eux-mêmes sont ligotés par des lianes hérissées d'épines.

## Chapitre 2

Le capitaine Fourchette et Maman Marguerite sont ficelés au gouvernail. Honoré, pieds et poings liés, ne peut plus sortir du canon où il dormait. Ses pieds qui dépassent gigotent désespérément.

L'équipage du *Bon Appétit* est vaincu ! Seuls les grands-parents résistent encore.

Grand-père Fourchette brandit un couteau dans la main droite et… une énorme fourchette de fer dans la main gauche. Dès qu'une liane s'approche, il la tranche comme un vulgaire saucisson. Grand-mère Félicia a trouvé deux poêles à frire dans la cuisine, et *vlan !* elle écrase les bourgeons*, elle en fait des crêpes, des galettes, des omelettes.

Grand-père Mimosa transperce les racines avec un harpon*. Ça lui fait beaucoup de chagrin, lui qui adore les plantes. Il pleure comme s'il épluchait des oignons, et Grand-mère Mathilde le suit avec un grand mouchoir à carreaux.

Chapitre 2

Hélas, les plantes sont trop nombreuses et, au bout d'un moment, les grands-parents se retrouvent ligotés à leur tour.

Plume, Charlotte, Perle et Petit-Crochet sont pendus la tête en bas : les lianes les secouent comme des salades.
– Mais qu'est-ce qu'on va devenir ? se lamente Plume en se débattant.

Chapitre 2

– On pourrait attendre que la plante se fane ? propose Petit-Crochet.
– Peut-être que d'autres navires viendront à notre secours ? ajoute Perle.

Mais la situation empire de minute en minute. En effet, de drôles de fleurs commencent à éclore sur les branches de la plante. Ces fleurs, d'un vilain rouge couleur de sang, gonflent, grossissent, claquent au vent. Leurs pétales ressemblent à présent à des lèvres…

Des plantes géantes et menaçantes ont envahi le bateau des Fourchette et emprisonnent l'équipage dans leurs lianes.

Chapitre 3

# Les fleurs carnivores

– On dirait… on dirait… murmure Plume d'une voix angoissée.
– Des plantes carnivores… gémit Perle, qui s'y connaît. (Elle appartient à une famille de cannibales.)

– C'est pas possible ! bredouille Plume.

Hélas, les fleurs grandissent encore. Elles reniflent le pont, le bastingage*, les voiles, les moindres recoins du bateau.

– Papa ! crie Maman Marguerite. D'où viennent ces maudites plantes ?

Chapitre 3

– Heu… je n'en sais rien, avoue lamentablement Grand-père Mimosa. J'ai acheté les graines à un marin chinois qui passait par là.
– Oh ! là, là ! On va se faire croquer sans pitié ! se lamente Petit-Crochet.
– Quelle honte ! se désole Grand-père Fourchette. Moi, un pâtissier, dévoré comme un vulgaire croissant !

Plume se débat désespérément. Il n'en mène pas large. Cette fois-ci, il ne voit vraiment pas comment s'en sortir.

Les fleurs carnivores enflent à vue d'œil. Elles seront bientôt assez grosses pour avaler une tranche de jambon, un gros saucisson… et même un petit pirate !

Heureusement, Tarte aux Pommes et Noix de Coco se glissent dans la cuisine, attrapent d'énormes piments rouges dans leurs becs et les lancent sur les fleurs qui éternuent si fort que leurs pétales se détachent.

## Chapitre 3

Les branches et les lianes se desserrent légèrement, juste assez pour que les plus minces des prisonniers, Plume, Perle, Charlotte et Petit-Crochet, puissent se dégager.

– Vite ! libérons Papa ! s'écrie Plume.

Mais la plante géante, furieuse, tord ses lianes couvertes d'épines au-dessus de ses derniers prisonniers. Impossible de les approcher !

– Qu'est-ce qu'on va faire ? balbutie Charlotte.

– Il faut trouver de l'aide ! propose Petit-Crochet.

– Mais où ? demande Perle.

– Chez ton papa, le roi des cannibales, décide Plume. C'est un spécialiste, non ?

– Il n'en est pas question ! hurle Grand-père Fourchette qui l'a entendu. Ces cannibales sont de vrais sauvages. Ils mangent les gens tout cru et ils ne connaissent sûrement pas la recette du baba au rhum.

– Ne l'écoutez pas, les enfants ! grogne Grand-père Mimosa. J'espère que les cannibales l'avaleront tout rond. Et s'il a trop mauvais goût, je leur prêterai du persil, du fenouil et des oignons.

Chapitre 3

Plume lève les yeux au ciel en soupirant. Ses grands-pères ont vraiment mauvais caractère. Seulement, le temps presse…
– Dépêchons-nous ! s'écrie-t-il. La plante est affaiblie, mais quand elle aura repris des forces, elle dévorera tout le monde !
– Allons-y ! approuve Charlotte. Noix de Coco et Tarte aux Pommes lui donneront d'autres piments pour la calmer.

Les enfants sautent par-dessus bord sur le dos de Flic-Flac qui nageait autour du *Bon Appétit*.

Libérés grâce à la ruse des perroquets, les enfants partent chercher de l'aide auprès des cannibales.

Chapitre 4
# L'île des Cannibales

Flic-Flac nage de toutes ses forces, comme si des requins le poursuivaient, et il arrive bientôt sur l'île des Cannibales.

Les enfants sautent à terre et se précipitent vers le village.

Le père de Perle, le grand roi Kouri, porte un sceptre* en os de baleine et sa mère, la reine Coralia, des colliers et des bracelets de corail.

Perle embrasse ses parents et leur explique la situation. Pendant ce temps, Plume, Charlotte et Petit-Crochet explorent le village des cannibales. Il y a des sources et des potagers un peu partout, car le roi Kouri adore la soupe de légumes, il en mange à chaque repas. Il y a aussi des bananiers, des hamacs accrochés aux troncs, des huttes couvertes de palmes et… de grandes marmites un peu partout.

– Hum hum… Je n'aime pas beaucoup ça, marmonne nerveusement Charlotte.

– Mais non, mais non. Tu sais bien qu'ils ne mangent plus les gens depuis que le papa de Perle les a habitués à la soupe de légumes, affirme Petit-Crochet avec optimisme.

– Ah oui ? Et lui alors ? demande Charlotte en désignant un vieux cannibale qui les observe en se léchant les babines.

– Miam miam miam, se réjouit le cannibale en salivant.

Il brandit une louche et fonce vers les enfants épouvantés !

Les jeunes pirates se cachent derrière une marmite en tremblant comme des feuilles. Heureusement, Perle et le roi Kouri arrivent en courant.
– Grand-père Krouc, qu'est-ce que tu fais ? s'indigne Perle.
– Papa, tu n'as pas honte ? ajoute le roi Kouri. Tu ne vas quand même pas manger les copains de Perle ?

Chapitre 4

– Hem… grrrr… mouais… bof… grommelle le vieil homme en s'éloignant.
– Décidément, les grands-pères sont dangereux, frissonne Plume.
– Dépêchons-nous ! intervient le roi Kouri. Je crois savoir comment vaincre les plantes carnivores !

Et, quelques instants plus tard, le roi, ses guerriers et les enfants, installés dans de longues pirogues, rament vers le *Bon Appétit*. Flic-Flac nage en tête.

Le roi Kouri tient à la main deux gros sacs de toile.
– Qu'est-ce que c'est ? demande Plume.
– Tu verras…. répond mystérieusement le roi.

Le roi des cannibales a trouvé un moyen d'anéantir les plantes carnivores. Il n'y a pas une minute à perdre !

**Chapitre 5**
# À vos souhaits !

Lorsque les pirogues arrivent enfin près du *Bon Appétit,* Tarte aux Pommes et Noix de Coco, affolés, volent dans tous les sens. Ils n'ont presque plus de piments rouges !

Une des fleurs remarque les pirogues et elle s'approche pour renifler ses nouvelles proies. Plume, paniqué, se voit déjà croqué mais Perle brandit le grand couteau de son père et *CRAC!* elle décapite la fleur.

– Bravo ma fille ! s'écrie le roi Kouri. Quel dommage que nous soyons désormais végétariens, sinon tu deviendrais une grande guerrière cannibale !

Il appelle les perroquets et leur donne des ordres en langue cannibale. Les deux oiseaux prennent chacun un des sacs entre leur bec, s'envolent avec et les laissent tomber sur les navires. Les sacs s'ouvrent et une poudre rouge se répand sur les bateaux, les plantes… et les prisonniers.

C'est du poivre, un poivre spécial jadis rapporté d'Afrique par le roi. Il est mille fois plus fort que le pire des piments rouges ! Les fleurs éternuent tellement que, cette fois, tous leurs pétales se détachent, et qu'elles se fanent complètement. Les épines se racornissent, les lianes se brisent, les racines se dessèchent. Les plantes sont vaincues !

– Atchoum ! Maudites plantes ! Je hais les arbres, les fleurs, les graines et même les bourgeons, grogne Grand-père Fourchette en lançant un regard furieux à Grand-père Mimosa.

– Peuh… réplique celui-ci. Il ne serait rien arrivé si les Fourchette étaient des gens normaux au lieu de jouer à… a-atchoum ! aux pirates dans les Caraïbes.

Aïe aïe aïe… Les grands-pères veulent se battre à grands coups de sabre ! Les grands-mères poussent des cris affolés.

Heureusement, Plume a une idée. Il court jusqu'aux berceaux de ses petites sœurs et zou ! il installe Amandine dans les bras du grand-père numéro un, Angélique dans ceux du grand-

Chapitre 5

père numéro deux. Les bébés sourient, éternuent, les grands-pères éclatent de rire, et hop ! les voilà tous réconciliés. Plume est un génie !

– Hé hé... comme ce petit est intelligent, remarque Grand-mère Félicia en l'embrassant sur la joue droite. On voit qu'il me ressemble.
– Non, il ME ressemble, rectifie Grand-mère Mathilde en embrassant Plume sur la joue gauche.

Dès qu'ils cessent d'éternuer, le capitaine Fourchette remercie le roi Kouri qui lui propose de prendre des vacances sur son île. Perle est ravie ! Elle restera plus longtemps avec Plume.
– Tu verras, lui jure-t-elle, mon île est la plus belle du monde, depuis qu'on n'y mange plus les touristes !

Les jours suivants, les enfants se baignent sur la plage, pêchent au bord des lagons, grimpent dans les arbres et mangent des tonnes de bananes.

Mais un soir… ils découvrent Grand-père Fourchette, Grand-père Mimosa et le vieux Krouc réunis autour de la plus grosse marmite du village. Ils mijotent une soupe bizarre.

– Hé hé hé…. il faut toujours essayer de nouvelles recettes. Je crois que la confiture de poulpe et la compote de tortue se mélangeront très bien, se réjouit Grand-père Fourchette.

– Sans compter les dernières graines carnivores, ajoute Grand-père Mimosa.

– Ah si seulement on pouvait ajouter deux ou trois têtes coupées… soupire le vieux Krouc.

– Oh ! là, là ! chuchote Plume à ses amis. Les grands-pères, c'est pas sérieux. Il faut vraiment les surveiller !

## ❶ L'auteur

**Paul Thiès** est né en 1958 à Strasbourg, mais au lieu d'une cigogne, c'est un bel albatros aux ailes blanches qui l'a déposé dans la cour de la Maternelle. C'est que Paul Thiès est un grand voyageur, un habitué des sept mers et des cinq océans ! Il a fréquenté les galions d'Argentine, les caravelles espagnoles, les jonques du Japon, les jagandas du Venezuela et encore d'autres galions dorés au Mexique. Sans compter les bateaux-mouches sur la Seine et les chalutiers de Belle-Île-en-Mer ! Paul Thiès est donc un spécialiste des petits pirates, des vilains corsaires, des féroces boucaniers, des redoutables frères de la Côte, bref des forbans de tous poils ! Mais c'est Plume son préféré !

Alors, bon voyage et... à l'abordage !

## ❷ L'illustrateur

**Louis Alloing**

« La mer, je l'ai eue comme paysage depuis que je suis né. D'abord à Rabat, Maroc 1955, puis à Marseille. La mer Méditerranée. Une petite mer que j'imaginais parsemée de petites îles, de petites vagues, de petits pirates et qui sentait bon. Bon comme celle des Caraïbes. Comme celle de Plume et de Perle.

Maintenant à Paris, privé de la lumière du sud, de cet horizon bleu outremer, je divague sur la feuille à dessin. Je me laisse porter par la vague qui me mène sur les traces de Plume et de ses potes, et c'est pas simple. Ils bougent tout le temps ! Une vraie galère pour les suivre, accroché à mon crayon comme Plume à son sabre. Une aventure. Et pas une petite, une énorme... avec des petits pirates. »

# Table des matières

Grands-parents
et belles bagarres ! .................... 5

Les plantes attaquent ! ............. 17

Les fleurs carnivores ............... 25

L'île des Cannibales ............... 33

À vos souhaits ! ..................... 39

Achevé d'imprimer en février 2010,
chez Pollina (France) - L53408.